想《そう》

平沼 光
Hikaru Hiranuma

幻冬舎
MC

想

ある木曜日、1つの命が誕生する。この事はのち、この赤子、平沼光が、母親、平沼明子にこう語る。

「ひかあちゃん。おぼえてる。病院、見たよ。」

すると明子が、

「本当に、いつも通りお母さん。光が大嫌い。光は本当に気持ちの悪い子ね。えっ‼」

光が言う。

「おかあタン。ひかあちゃんが生まれた時、上から見るよ。右にベッドがあるよね。それで、左のベッドにひかあちゃんがねているよね。それで、まどが、お母さんのベッドの右にあるね。それでひかあちゃんのベッドは、ろう下のところだね。一回、おばあちゃんが来たよ。もう一回、おばあさまが来たよ。あってる?」

明子が、

「えっ‼　どうして知っているの⁇　すごいわ。もう少し、聞かせて欲しい。光……」

～20年後～

平沼光。20歳。成人の日。朝、顔を洗う。左の小指を見ると、小指が、小指が……取れたように見える。よーく見ると、血が流れていた。右の親指で押さえる。血が止まった。この血を後に、平沼光が産み落とす赤子が受け継ぐ。この物語は、平沼光の愛娘に捧げる。お母さんの物語は、あなたの愛で変わります。

29歳。平沼光に愛娘誕生。

「生まれて来てくれてありがとう。もう、一人ぼっちじゃない。今、お母さんになった。お母さんにしてくれてありがとう。もう、お母さんになったから、一生、お母さんよ。お父さんが大喜びで、どっかに行っちゃった。おばあちゃんに、電話をしに行ったのかな。お祭りが始まったね」


平沼光の長女、苺誕生日。

「♪苺は、とってもかわいいアイドル（大きな声で～アイドルー！……）」をなぜか大声で夜8時に1カ月間、夫婦で歌う。母がアイドルー！とあとから言う人。

「う、うるさい‼　光！」光の母の声。苺の祖母は、苺の誕生に心浮かれ、産婦人科に、苺の誕生後にカメラを持って、ジャンプして、ガラス越しにシャッターを切っていた。「顔が上手く撮れない‼」

赤子の中で光ってかわいかった。

「一生、満ちた人生になって欲しい」

〜光、6カ月〜

細い子。ひそひそ……

「ねぇ、知ってる？　あの家、大丈夫？　光ちゃんってさあ。本当は、0カ月で死んでたよ。明日生きているのかしら？」

「警察、通報した人、見たよ」

「孤児院……にいた方が何倍もいいよね」

光、心に決めた事がある。

〜どんなに人に汚《けが》されても、私の心だけは汚す事が出来ない。〜

光の人間壊し、築き直しが始まるのである。ここに血の流れは関係ない。ここにあるのは、ただ強固な意志と切実な想いだけである。なぜなら、光の娘、長女苺の妹。都が辿り着く人間像が平沼光になってしまうからである。

愛娘、都、苺、よちよち歩きの頃、母、光を育てる。ある夏、からあげを光が作る。夕食、

「都ちゃん、からあげ、もう1つだけ食べたい。1つだけでいい」

と、母、光にいじわるな声で都が言う。

いつもかわいい都がおかしい。昼間～光がトイレ中、光が知らないうちに、都の祖母、都の足を、思いやりをこめて、思いきり踏みにじる。

「これから光がこういう事するよ。」

祖母は不気味に微笑む。～

よく分からないが、私の知らない間に何かあったのだろう……。母、光はお腹が空き、今日、初めてのご飯。私を運命に引き戻すのね。愛娘の手で。光は全ての唐揚げを都にあげる。

――2年後、ある日、

「(光、都、トイレの中に誰もいないと思って、運命に泣く)……どうして？」(水の音、流す音、ジャー)、都、大丈夫？」

光、都に話しかける。都が一歩、歩み出した足で、

「都ちゃんね、お母さん。今、何が食べたい？」と光に言う。光は、

「唐揚げ」

都は、「じゃあ、唐揚げ屋さんになるしかないな」……

夕食中、都と苺がケンカ。

苺、

「あんた、唐揚げ屋になるなら、調理師免許、取ったら？」

都、

「苺よ、お母さんを助けるんだから、何か手作りして」

苺、

「本当に？　儲かるの？　日曜日に作って、お母さんにあげればいいじゃん」

都、

「違うの。お母さんにだけ、タダ（無料）であげるの。皆が並んでお金を払う中、あっ、お母さーん。20個、唐揚げどうぞ。お母さんだけ、いつもタダ。私が店長だ。」

都、

「負けました。都が皿洗いするよ……」

愛娘、苺。苺が２歳１カ月。

～お風呂場で、光、泣き崩れる～

するとよちよち、

「(指で光のお尻をツンツン叩く) お母さん。泣くくらいなら想って。想って、近くにいると想って、ご飯を食べて」と、苺が母、光に言う。

母、光、愛娘で日々が満ちる。私、こういう事がして欲しかった。

光41歳。

「お願い。神様、何も要らないから、子供を運命から助けたい……。お父さん、どうしたら苺と都を助けられるの？　光の運命を握っているのはお父さんだよね。光の一番大切なものを、お父さんも大切にしてよ」

と、光が、光のお父上に言う。

光の父、

「光。一流の人間になれ。そのために、一流の人間とだけつき合え。お前の目はダメだ。不幸になる人間を選ぶ。お父さんと、死ぬ気で、苺と都を助けるぞ」

これは、温かい家庭を築きたかった光が起こしてしまった家事調停事件である。精神病院に入院するはめになった光に起きた、もう1つの苦しみが始まるのである。ポストに落ちた1通の封筒。

「子供のために、子供の虐待を防ぐために、光と離婚する決意に至る。（裁判所出頭命令。夫と夫の弁護士より）」

離婚する家庭・虐待した気が狂った母、固定されてしまった公共機関に、社会に、ケンカを売る作業をしなければならなくなった。誰が平沼光を、人生の要となる離婚を、離婚の原因となる虐待母の世間のイメージをひっくり返せるか？　実の父と時間制限のある中、有能弁護士探しが始まる。ある弁護士事務所で、即決した弁護士と夕方4時半に会う。7時まで話し合う。この人物を覚えておかなければならない。

―川満航《わたる》―

「（……）あなた、こんなにお金いらないんですか？」

「私の欲しいものは、ただ親権です。そして、そのための愛するためのお金です」

「目で商談成立」

航はこう言う。

「何もかも、あなたの情報を下さい。光さん。疲れちゃいますかね？　子供に夫はＤＶしていませんか？」


裁判に勝つために、かくれ調査開始。精神障害者として生きつつも、そのイメージを破壊する手段を開拓する。

～弁護士航が言う～

「障害者として、光さん。動ける時間、どれくらいあります？」

平沼光は、愛娘苺が5歳の時、精神障害者として無理矢理とれる行動を起こす。光が保育所に行く苺に、

「必ず助けるから。お母さん警察に行くよ」

と話す。

この日を境に精神障害者にされる。関わる全ての公共機関に〝夫にDVをされる妄想。夫に愛娘を虐待される妄想〟となってしまう。

光は言う。

「先生、川満先生、精神障害者として、動ける時間は、半日です。気が狂っているので、精神病院のデイケアに行かなければいけません。」

航が言う。

「はっ。そのうち、デイケアなんか行かなくていいんじゃないんですか？

精神障害者じゃない診断とらないとだよね。ただ、関東近辺、情報が回っていませんか？　どういう風にして（2人大きな声で……）正しい診断をとるか‼」

光は言う。

「関東近辺かもしれないですが、行く事情もあり、有名なY市立大学病院はいかがでしょう」

航は言う。

「う～ん。やってみましょう。ただ、医師との信頼も大事なので、妄想と診断され、長い間入院していた事は言って下さいね。運命の別れ道です」

……。

次の日、光が、運命の診断日の前日、お打ち合わせで弁護士事務所に行く。相当緊張し、事務所で、1つの部屋で待つ。ガチャ。川満弁護士登場。

「あれ？　Y市立大学病院、もう行ったんでしたっけ？（……）」

光が慌てて、

「川満先生、私、平沼です。お忙しいから私の事、忘れました？　Y市立大学病院、1回も行っていません……。本日、診断が出た時のどうすればいいかのご提案に来ました。〔メモの紙を渡す〕」

弁護士川満航は沢山の書類を抱え、

「うん。分かりました。以上。」

と言う。

光は、散らばった書類を鞄に詰め、即座に退席。


ここから1カ月後、光が弁護士事務所にＴＥＬ。事務員より、

「川満は依頼人の予定があり、診断書、私が受け取っておきます。平沼さん」

〜診断名（アダルトチルドレン・精神病ではない・妄想なし）M病院K大学診断〜

鞄の診断書を確かめ、診断書の封を切らず、緊張し、航に渡しに行く。すると、

「川満航が光さんに会いたがっています」

40分経過。弁護士航先生、ドアを開ける。陽の当たる春の陽ざしで、ドアを開けた時に航の影が壁に映る。急いでおり、机に多量の書類を投げるように置く。航が診断書の封をカッターで切り、そうっと目を細めて見る。夕陽のせいで、航の姿が大きく影だけが映る。航は診断書を放るように、机に指から突き離し、顔の顎を斜め上に向ける。航が、

「自分の悪事を正統化したな。これで、決まった」

コピー、10枚とれ。以上。カッターか……。光は、初めて航に会った時の事を思い出す。

~精神病と疑われる何かがあります?~

あれは光が10歳の秋。小学校の校内の階段で、突然、光の同級生が、光が階段を通行中、その女児同級生が『カッターで、光の腹部を刺す』。光の足が止まる。その女児が、

「光ちゃん。見て。私の手も刺すよ。流れる血を見て」

その女児の左の手のひらから、一筋の血が滴り落ちる。この記憶の回想をPTSDとして精神病だと疑われる(妄想に結び付けられる)~と光から、航に会った日に話した。後に首なし男の悪夢として光を苦しめ、2度

と学校の階段に上れなくなるに至る。……が、光の愛娘、小学1年生に上がり、娘の楽しい階段として、光の新しい記憶として残り、学校階段、校内階段をどこでも上れるようになる。光には、小さい頃より、心に傷つく経験が多く、人格を否定される事が裁判で予想され、それにともない、虐待母と疑われ、親権が取れない事が予想され、弁護して頂くために、人生の全てを航に光から語る事となる。光がきれいに生きるのは、夢物語かもしれないが……。そして、保育士、10年あまりを経て、不幸の生い立ちを人助けにするために、相談業に就く事となる。あれから、トート児童相談所、市役所子育て支援課、警察署DV相談所、光が入院した精神病院3病院、それに対応して精神病院、新しい精神病でないと診断した病院等をめぐり、裁判関係の書類集めとなる。

光、

「川満先生、私のただ1つの虐待していない証拠があります。反対かもしれませんが、父親が原因で、市役所が、DV相談所が……叩かれた事が原因で、苺と都がトート児童相談所に一時保護されている事実があります。ただ、優しい父親が迎えに来て、自宅に子供が帰っています。」

「何度も光さんは打診するが、その時の書類を、トート児童相談所が出すか？　話も取り次いでもらえないだろう。S県弁護士会で圧をかけるか？」と航が言う。

光が勝手に動く。スタート。相当迷惑だが、トート児童相談所に23回電話。その度に、

「虐待母、静かにしていないと精神病院に入れるからな。今度は、愛娘を勝手に帰したな。妄想だな。私、虐待していない妄想だな！」と、お繋ぎ

できませんと門前払い。行ったり来たりして、結果、弁護士様とてめえが来所なら、書類を出すよ。手口は見せないぞ。あ〜ら、私だって手口は見せないわ。

……トゥールルル……

「川満は昼休みです。」

この時、光は、航に、

「いいかげんにして下さい。光お母さん。親権を取るために少しでも有利にするために、正職になって下さい。」

と話され、ずっと就職活動で1日、会社訪問があった。「申し訳ありません、お休み中で恐れ入りますが、川満先生にお繋ぎして頂けますか？すぐ話が終わります。」

と光が伝えると、

「はい。川満です。何ですか？」

「トート児童相談所、決まりました。４月16日です。宜しくお願いします。」


航は裁判関係で忙しく、光は就職関係で時間が取れず、４月16日の児童相談所訪問をメールにて打ち合わせた。
①子供を父親に帰した人物、今も苺と都の担当。荒井氏、主導権が強い。平沼がマーク。正面に座り圧をかける。
②全て川満弁護士が１時間しゃべる。補足で平沼。
弁護士が来所するので、厳重体制で相談員を４人にして対応。向こうは

1時間制限をかけているが、1時間半くらい話せますよ、と言ってきた。けれども、光の予想ではジャスト1時間。そして、2度と対応しない。どうせ、記録の書類上、しっかり対応したと言いたいに違いない。私と川満弁護士はだまされない。

4月16日、トート児童相談所。相談室。5分前航登場。どれだ？　2人で荒井氏を探す。荒井氏、見つかる。荒井氏に光がピッタリつく。名札で確認。川満、時計確認。一時保護した時の記録、一切出して下さいよの交渉開始。出さないんじゃなくて、出す時の用紙がここにないです。さいたま市に取りに行って。じゃあ、コピー、ダウンロードして取って下さい！　時間内に書類が書き終わるのかな。ゆっくり書いて。急いで書く。速く書けよ。苺と都のために速く書けよ、隣で、

「はい。苺。はい。都。はい！　一切って書け。同じく書け。はい。生年月日。今は、長女だ！　間違えるな。修正液なんて使っている暇ない！　はい。ぐちゃぐちゃ」

時間が終わったので帰って下さい。ピッタリ書類書き終わる。相談員全員が立って退室。

その後、光、勝手にしつこく荒井氏に相談。全部、黒？　全て文字出さないですか？　（出ないな）日付けくらい出るか？　突然、寄る。心構えなしにする。

「突然、すみません。苺と都の母、光です。少しいいですか？　5分だけです。わー、お、おきれい！　有能！　お仕事、大変ですよね。私、紙に美人、荒井様お美人。有能過ぎる。お優しい。絶対苺と都が好きなはずです。お優しいから、責任とって♡　川満弁護士にお繋ぎします。私に連絡下さい。を繰り返し3回」

紙に書いて渡す。1回戦終了。2回戦。光、

「荒井様。今後、どのようになさるおつもり？……この事が、社会、世間に明るみになったら、引き渡した荒井様の責任でトート児童相談所、新聞に載っちゃいますよ。それなりの対応しとけば？」

と話す。

お伺いすると美人荒井氏、

「苺ちゃんと都ちゃんのお母様。分かりました。それなりの対応をします」とおっしゃる。

……お父さんに叩かれて、お父さんの家に帰りたくない……

その後、帰りたくないかぁ。光はつぶやく。光、２歳の夏。箱に入れられる。お母さん……水がどんどんせまり、息が苦しい……。よじ上り、ひっくり返ってバタン。怖かった。

愛娘、都。よじ上るのは遺伝かな。保育所でジャングルジム上れたね。お母さんも上って助かった。憶えている？　お母さん、今でもはっきり憶えている。都の声。お母さんのお腹の声。生まれる日、都がね、

「お母さん。早く会いたいよ。早く、会って遊ぼうよ」

それでがんばったね。生まれてきてくれてありがとう。お母さん、都じゃないとだめだった。世界中で都は一人。お空を見て。今、お母さんもお空を見ています。「みやこ～。あなた～」必ず、弁護士と助けます。

ある水曜日、１つのメールが光の枕元に届く。夜中、気がかりがあったからだ。裁判に使う書類でどうしても航がもらえたら、すぐ欲しいと言われた案件書類だ。ＤＶ相談、瀬内京子に書類を出すと、「確実に裁判に負けるだろう。親権は取らない方がいい。子供に会いたいとだけ言いなさい。会えないのと親権が取れないのとどっちがいいの？　夫が正しい。航先生が、航先生から私ＤＶ相談者京子に、光さんの味方になるから、２人だけで電話が欲しい」

航より、京子に電話をする。（２人だけの話で光は知らない）

次の日、光が弁護士事務所に行くと、航、

「光さん。子供に、苺に、自分が親権を取るために、～お父さん嫌い！～と言わせた？　あっ？　聞いた人が言っていますよ」

光、

「苺に言えなんて言っていません……。私を除く、正直な気持ちを、私と別の部屋で、苺と都があか市役所に言っています。言葉の記録が、あか市役所に残っています。どうぞ裁判所に提出して下さい。私は、その言葉を知りません」

「京子さんが、その書類は航にだけは、見せない方がいい。親権が取れなくなっちゃうから、書類、出さない方がいいです」

航弁護士、

「ふざけるな光。京子さんが裁判官じゃないだろ。全力で、あか市役所に行って、書類、全部を出してもらえ」

――これが、長期にわたるあか市が、全力で見せない黒塗りの全文書だ。

——この黒塗りを「あか市黒塗り開示」と航と光が言い、平成29年3月3日に言ったもので、光が気が狂ったとして、虐待娘がされた妄想で、度々、娘と引き離され、この日も精神病院に収容されている。京子のセリフ、「3月3日。おひなまつりで覚えられて丁度いいわ」

等々、光に関わった書類を出すに至る。

書類を開示してもらうのが大変で、その関わった機関が多く、航と紐解いていこう。

「だから、何なんですか？　何があったんですか？　光さん」

航、

「こ、これは……いつ？　これは誰？　だから何でこの人が出てくるの？」

不幸の塊がたくさんあり過ぎて、航が分からなくなるので、重要人物だけ、ここでは語る。航の年齢は不詳。

3月3日に至るのにともない、光は①警察に相談→精神病になる　②児童相談所　③あか市役所　④DV相談所　⑤知人にかくまってもらう　⑥光の実家に助けてもらう。

「……で、なんで3月3日になったの？」

光は語る、

「あくまでも回想です。思い出話です……」

……その日、光は何回目かの入院で、精神病院、良くなって退院日だった。優しい夫が「大丈夫かい？」と心配で、トイレまで待っている。トイ

レ内で知人に連絡し、待ち合わせをする。自宅に着くと、優しい夫が、

「光、お腹が空いたかい？　何か買ってくるよ」

と言い残し、車でお店に出かける。苺と都、

「お母さん、私も連れて行って！」

この間、30秒。タクシーが迎えに来るところまで、全員で走る。荷物は、母光が手に持てるだけ持つ。走っている途中、都が、

「お母さん、待って（ドブにつまずき、転ぶ）」

ランドセルだけ、子供に持ってもらっており、ランドセルの中身が散らばる。泣きそうになって集め、光が、

「ごめんね。走りづらかったね。全ての都と苺の荷物は、お母さんが持つよ」

荷物の重さ52kg、学校用品全て。横浜の知人の家から、学校に通うため

である。以前に子供を連れて半日逃げた時に、学校に行かせないようにする虐待女となり、通報されている事から光が持つ。光は足が悪く、痛みで重い物が持てない。なぜ持てないかというと……

航が

「もういい。分からなくなるから、次」

重い荷物を背負い、３人で走る。苺と都が、

「お母さんが歩けなくなったらどうしよう……」

横目で見ながら、

「お母さん。私に、これから生き方、教えて」

深夜。横浜に到着。色々あった7日間であるが、その1つにこういう事

があった。

母光、警察官に、

「もしもし、あなた、何をしているんですか？」

光の血の気が引く。

「！」

雨の駅。あうんの呼吸で、母光が職務質問を受けたあと、母、つぶらな瞳の子3人が同時に逃げる。朝、天気で傘を1つしか持たず、3人で1つの傘に入り逃げる。苺が、

「今度、苺が全部の荷物を持つ。」

と言う。苺が、苺の手から全部の荷物がバラ撒く……。どしゃぶりの雨に変わり、3人ずぶ濡れで荷物を拾う。

「そんなのいいから逃げよう……」

次の日、横浜の区役所にＤＶ相談に行く。横浜の警察に行く。横浜にいるはずなのに……あか市役所、瀬内京子ＤＶ相談所がいる。……の他にあか警察、子供の学校教育者、子育て支援課、精神障害の香Ｙ氏、６人登場。

光、

「（もう、終わりだ……）小刻みに手が震える……」

３月３日、ひなまつりの日。泣きながら親子別れる。精神病院に光収容。男職員に囲まれ、小部屋に入れられる。

「お願いします。外の空気に触れさせて下さい……。一日でいいから、子供に会わせて下さい……」

航、

「……で、結局、どうなったんですか？」

……子供は、あか市に言った言葉で、トート児童相談所に一時保護となる。これが、京子が裁判所に出しちゃいけない、と言った書類で、後に航と光が言う『あか市黒塗り開示』となる。

母光が苺と都を助けるために、親権を取るために、虐待母と……じゃない……虐待母じゃないと立証するために、3月3日の記録、あか市の黒塗りを開示したいと、あか市役所に言う。

一度光が、あか市に、3月3日の子供の言葉を、書類を出して下さいというも、

「はい。残念でした～」

というかのように、お金を払っても黒く塗りつぶされた（言葉の上を黒

く塗りつぶされる）紙しかもらえなかった。もう一度行ってきて……と裁判所で航が光に言い、再び、あか市黒塗り開示をがんばる。以前に航弁護士と光がメールでやり取りをしており、大作戦を練り、光より、

「川満先生、あか市黒塗り開示ですが。はい。何度でもどうぞ。あか市が光の夫の味方なので、夫に関わることは夫の大事なので、あか市のもので、夫のものです。何度でも黒塗り開示したくて、航と光ががんばるので、楽しまれ、川満先生の労力の消費が心配です。裁判で使える時に疲れ切って、もういいや……黒塗りいらないか……となりませんか？　そういうあか市の手口が気になるので、手を抜いて下さい」

航、「？」

光、

「あか市と行ったり来たり、行ったり来たり……の作業は、私がやります。弁護士様の威厳が必要な時は、宜しくお願い致します」

航弁護士、

「私は法律の専門家です。私がやる」

の打ち合わせのあと、ある日、平沼光があか市役所に黒塗りの開示のお願いに行くと、（今回に限る主導権を握りそうな人物・川満に伝えてある）

示屋《しめや》氏が、

「光さん、全部黒だと思って文字が出ないと思って、申請書を出して下さいね」

航に報告。航、

「とにかくやれ。何かあれば文句を言います」

それを示屋氏に伝えると

「文句を電話口で言われたところで、本当に？　弁護士？　本当に光さんの知り合い？」「時間を割いて川満来い。光さんとの契約関係を示すものを持って交渉に来て下さいよ」

との事になる。↓航に報告。色々あり、光の大作戦でＤＶ相談を織り交ぜて、黒塗り出して!!を光が勝手に行う事になる。航弁護士、

「本日ＤＶ相談、光がするですと？　私、苺と都のためにこれから行きます」

——あか市役所、弁護士登場で緊迫した中、話が始まる——

航、

「私、こういう者です。（各人に名刺を渡す）」

交渉開始。光、

「（緊張し……）いいですか？　子供が虐待に!……」

間を入れず、航弁護士、

「うるさい、光。平沼。あの……あか市の法律を見せてください。コピーとっていいですか？（ニコッと笑う）」

終わり。あか市の資料のある部屋に行く。あか市役所職員、仕事を仲間に頼み、長時間空けるから……と文句を言われに部屋に来てた。

～以上。～


何でこうなっていたかというと、DV相談を川満弁護士が光と織り交ざって入った。おそらく光が、あか市黒塗り開示何とかならないかな……と交渉時のヒントにならないかと、交渉の時に上手くいくように周りを固めたのを、隣で聞いていた航が何かのはずみで、

「！」

交渉したに代わった。つまり黒塗り出して下さいよ！の話し合いは、自己紹介と、光うるさい！で終わった。

川満、交渉滞在時間０分。この結果、紙代を払い、出たものは「もっと黒塗りされた言葉。子供の名前」。

光、

「川満先生、トート児童相談所の記録でどうでしょう？」

航、

「絶対。私があか市黒塗り開示を出す」

〜1年以上経過〜

もう1回、光、あか市役所に出向き、示屋氏と話す。

「平沼です。あか市黒塗り開示の件ですが……」

と光が言う。示屋氏が、

「あれ？　何でしたっけ？　川満弁護士、何やっているんでしたっけ？」

いつ出ますか？と何か出来る事ありますか？の言い合いをする。一言、
光が、

「も、もしかして、コロナでこうなっているんですか？」

航、
「ちょっと待って。子供と一緒に……苺と都と東京に逃げたんですよね
……。どうして？　東京のホテルに母子でかたまって、カーテンを引いて

いたのに、半日ぐらいで警察に捕まっているんですか？」

光、

「車のナンバーかな……。おかしいな。偽名で泊まったのに。その時の事をお話しします。山田朋子と名乗った時の話です」

都、

「お母さん。どうやってお父さんと離れて生きていくの？」

戦争なのかな……いつもの生活を捨て、自分の名前を捨て、これから出会うお友達を捨てなきゃいけないの……。都がこれから出会う、かけがえのない愛に戻れるように、一緒にずっといられるように、今だけ離れるのよ。お母さん、この手でお金を稼ぐから、この手で都を愛するからよ……。

都、

「司くんに明日、会える？」

光、走ってお風呂場に行き、シャワーを頭からかける。涙の色がシャワーに混ざる。聞きたくない携帯電話の着信の音が鳴り響く。連続50回……

「(留守電に切り替わり……) 平沼光、警察に来なさい」

布団に光、苺、都が抱っこしてくるまっていると、

「ドンドンドンドンドンドン、山田朋子! 平沼光!」

ガチャッ。警察官が走って3名、スペアキーでドアをこじ開けて入って来る。

「平沼光、子供を離しなさい」

苺と都、

「こわいよーお母さーん(涙)」

あか警察官、

「殺されても、光お母さんが殺されても、自分の子供をあなたが守りたかったんでしょ。あか警察に来て下さい……」

即従い、光の乗ってきた車を置いて、あか警察のワゴン車に乗って、光、あか警察に行く。その後、苺と都は、いつもどおり学校と保育所に行く。

——航

「えっ？　どれだっけ？　どれだっけ？　警察の書類ありましたよね？ない！」

光、

「あか警察の私の記録は、生活安全課と書いてあるものです」

航、

「私、裁判で警察の書類使うって言っていないですよね。いつ警察に行ったんだ？」

光、

「ＤＶ相談員京子さんが、川満弁護士に光さんの事を分かってもらうために、あか市役所の書類を出すために、一番に警察に行ったらいいわって言ったので、これ？　生活安全課の書類なんです」

航が言った。

「もう精神病じゃないから、光さんは入院しません。精神病院の診察室に入るな。損害賠償事件起こしていますからね」

〜まだまだ、光の裁判関係の書類がある〜

～裁判所～

裁判所第一待合室。光が夏に待っていると、21℃設定。

「(緊張し固まっていると) さ、寒い」

ドアが開き、ガチャ。

「！」

有能そうな弁護士登場。ゆっくり椅子に座り、鞄から扇子を出し扇いでいた。時計を見ると光は、

(川満弁護士は間に合うよなぁ)

窓越しに人影が映ると、立って1回1回見ていた。光が鞄の中を見た時に、不意をついたように、突然、待合室のドアが開いた。航だ。光は咄嗟に立ち、思わず深くお辞儀をし、おでこが膝についてよろけた。

光の運命を決める裁判所。光は思う。もしこんな事をしなかったら、普

通に毎日、夜が過ぎ、裁判所の前を通るだけで、大変な人もいるんだよなぁ……と思うくらいだ。そういえば言ってたっけ……

ある人が、

「警察と裁判所には世話になりたくない」

そうだよね。川満弁護士と資料を読んでいると、航の靴に目がいった。高そうな靴だなぁ。きれいな靴だ。きれいにやり遂げなければいけない事がある。開示だ。航は言った。

「何で調査をやりたいと言った？」

光が言った。

「調査をやらなければ、トート児童相談所の今行っている苺と都の本当の気持ちを知る今の悪い環境を分かってもらえない。裁判所の調査をしなければ、トート児童相談所は私にはおろか、明るみにしないです」

航、

「そうだっけ？」

光、

「川満先生、そうですよ。トート児童相談所に伺った時、荒井氏が調査の結果を川満先生にも教えてくれないと言っていました」

航は相当イライラして声を荒らげた。

「あなたが、あなたが都と苺に虐待があると言ったんでしょ。だって光さんが荒井氏に脅迫まがいな事したんでしょ。それなりの事になるんでしょ。一時保護でしょ！　私は一時保護できないと言ったでしょ。それなのに光さんが、一時保護やるって言ったんでしょ。そしたら調査で明るみにならなくても勝手に一時保護になるだろ」

光、

「ですが！」

航、

「何なの！　だから言っただろ。……。はい。どうぞ」

光、

「トート児童相談所は、調査は必ずしますと言いました。ですが！　調査はしても、どんなに良くない結果でも、明るみに出さない。明るみに出さないという事は行動に移さないという事ですよ」

航、

「あっ！　……」

――4月16日――

航、

「あのー、すいませんが調査の時、苺と都が嫌な目にあわない方法はないですか？　例えば、家に行くのではなく学校に調査に行くとかってできないんですか？」

荒井氏、

「あら、弁護士様。どういうふうにやるのかは、誰にも言えないです」

航、

「やって下さるんですよね」

荒井氏、

「はい。行う予定です」

裁判所

航弁護士、

「トート児童相談所の調査の結果、光さんが個人的にお願いしているんです」

調査官、

「はい。もうすでにトート児童相談所が調査をしています。けれどもその結果は誰にも教えません」

裁判所に行く前の日、光、

「川満弁護士様、明日、裁判所で、苺と都の調査依頼した方がいいですか？」

航、

「何で？　次の時に調査をするか考えます。だろ？」

「時間を稼いでその間にトート児童相談所でこちらの有利になる結果だっ

たら調査します、と言えばいいだろ」

事務所で腰に手を当て、右手をカウンターの縁《ふち》にかけてつぶやいた。事務員さんが書類を揃える。

裁判官から聞いた話だが、裁判所で調査をした場合、必ず、その調査の結果に従う。

〔例〕お母さんに会いたくない　↓　絶対会っちゃだめ、命令。

　　　お母さん嫌い　↓　好きというまで会っちゃだめ、命令。

という事で、調査をするかしないかを川満弁護士と打ち合わせしていた。

もう調査せず、裁判で親権を取るか?を闘う。

裁判所

「調査は来月まで考えたいです。大丈夫でしょうか？」

と光が言う。

航、

「ねっ。なんで光さんは調査なんかするんでしょうか？　不成立。親権争いに移ります」

光、

「……。えっ。調査しなくていいんですか？」

裁判官、

「そんなの。……。後でやって下さい。1つに答えをして下さいよ。」

「じゃあ、親権争い裁判、川満弁護士、行うんですね」

航、

「えっ、そんなの分からないですよ」

光、

「えっ。今言ったような気がします」

航、

「あなたが調査するって言ったんでしょ」

～光、11歳の夏～

光の母、明子が、

「光、一生のお願いがあるの。でも自殺したら地獄に行くよ。苦しいよー」

「それで明日死んで。お母さんに迷惑かかると困るから、踏切自殺だけはやめて。飛び降り自殺がいいな」

光が言う。

「お母さん、産んでなんか頼んでない。結局、何なの?」

母、明子、

「だって、つまんないんですもの。光、何かおもしろい話して」

光41歳。結局、裁判所で調査をお願いしました。その結果、トゥルルル……ガチャ。

航、

「川満です。お金ある？　調査の結果を取ってきて下さい。早く見たいです。今行ける？」

仕事を止め、光、裁判所へ走る。受け取り、弁護士事務所へ走る。

事務員、

「川満は今参りますのでお待ち下さい」

スリッパの音が聞こえる。光が顔を上げると、珍しく笑顔の航が書類の整理をしていた。……航、

「どう？　読んだ？」

光、

「始めしか読んでいないけれど……（頭を横に振る）」

航、

「大丈夫でしょ」

光、

「大丈夫じゃないと思います」

——後に、これが悪夢を呼ぶ——

これから、光は、調査に苺と都が「会いたくない」のような言葉があるので、面会は諦め、裁判で親権争い、だめでもともとで行おうと思う。

~9月13日の弁護士事務所~

航、

「本当にエゴの強い、苺と都の母親ですよね。光さんは。母親として、父親よりふさわしくない」

光、

「けれども、ここで親権を諦めたくないです」

航は手を、こぶしを握り、部屋の本棚にもたれかかる。部屋のドアの扉が中途半端に開き、気味が悪かった。外で人の話し声が聞こえた。

航、

「親権？　本当にあなたは苺と都の幸せを考えていない。父親は大金持ちですよ。あなたなんか正職じゃないし、１人親で子供がかわいそう。おいしいご飯がたくさん食べられるし、おばあちゃんがいて子供はさみしくない。あなた、お金、どうやって稼ぐんですか？　贅沢できず、その上、狭いアパートでみじめな生活を送らせる気ですか？　人生、金が全てですよ。

本当に自分が良い母親だと勘違いし、恥ずかしいですね。私だって勝てない。あなたなんかの裁判、絶対引き受けません。ははは……金の儲かる裁判だけ、何件も私にあるんですよ。そちらに時間を使いたい。この、何の金の儲からないあなたとの時間がもったいない。私の忙しい時間、あなたなんかに使いたくない。しゃべって、いくらくれるんですか？　2度とあなたなんか親権取れませんよ。まぁ、泣きながら、全ての書類を持って、他の弁護士の所に行けば？　さらにお金をかけて行けば？　行けないでしょうけどね。まぁ、行ったところで結局、親権取れないでしょうけどね」

光、

「もし、1000円あったら、父親は500円自分に使い、あとの残りを子供に使う。私は1000円あったら、私は0円でいい。子供にあげます。人は大金持ちでも、どれだけ子供に使うかで、子供の幸せは変わるのではないでしょうか？　いくらお金を持っていても、子供に使わなければ、子供はお金が無いのと一緒ですよ。親が使っていて子供が使えなかったら、子供は余計にみじめだ」

航、

「（机を叩く）金さえあれば、見た目がいい。金さえあればチャンスがある」

光、

「お金？」

航、

「本当に親のエゴですね。自分の考えが正しいと思っている」

光、

「……」

航、

「本当にエゴの塊ですね。本当に意地汚い。子供といたいあなたのエゴだ」

「本当に、親のエゴが強い。エゴの大きい人ですね。平沼光は。おっと金の儲かる商談がこの話の後にある。帰れば？　私の時間がもったいない」

「帰る気？　本当に親のエゴの塊が親権です。光さんは子供の気持ちも考えず、自分がいい親だと思い呆れますね。いい親だと勘違いしていませんか？　変な人ですよね。平沼光さんは。職場で変って言われませんか？　変なところを全部挙げて下さい。あなた、アダルトチルドレンですよね。共依存‼……」

光、

「職場で変わっているって言われていません。変なところですか？　私、自分でちゃんと変わっていると思っています。子育ての仕方は相当変わっています」

航、

「親権取らないでしょうね……。子供の気持ちも考えず。子供がかわいそう」

光、

「20年でも……30年でも……子供を待ちます」

航、

「（……。自分のボールペンを、じっと見る。涙がボールペンに落ちる……。1滴）お疲れ様でした」

～想～

あの時、想っていなかったら、どうだったのだろう……。ただ、幸せを想い、今日を1日無事に過ごせる事を想い、ただ、思わず想い、想わずともいいと言われても心から想い、祈るのである。ただ、想い……

憶えていますか？　初めて会った時の事を。初めて純粋に愛した時の事を。ただ、自分の不利益を考えず、ただ、早く会いたくて、ただ、会いたくて、ひたすら、待つ。時間など気にせず、待つ。

「また、待つのかい……。来やしないよ。あと、20分後に来たら？」

「もし、来たらどうするの？　もし傷ついたらどうするの？　待っていてくれなかったんだ。やっぱり、それぐらいなんだ……って想う」

「でも、来やしないよ……」

「雨に濡れたら、嫌だ……。だから傘を持って、待っている」

「じゃあ、学校に持って行けば？　傘を」

「邪魔かもしれない。ここで、傘を持って、待っていてほしいかもしれない」

「でも、来やしないよ……」

「急に来たら、困るから」

この手で、初めて、あなたとの人生の契約を交わす。

ボールペンで、名前を書く。……明日、明日もあなたといます。

平沼　光

著者紹介

平沼光（ひらぬま ひかる）

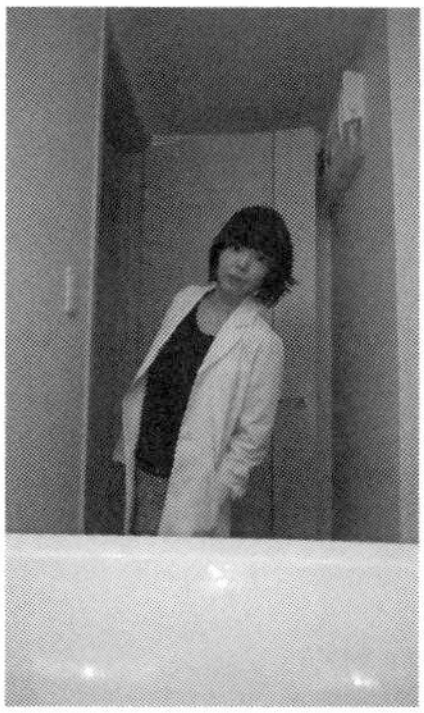

1977年9月15日（木曜日）、埼玉県大宮市（現在、さいたま市）に生まれる。

両親がおり、2人兄妹の2番目、妹。

光という名前ですが女性です。父が、「男性が思い求める最後の理想の女性」という意味で名付けたそうです。

名前を見て、「なんだ。今日会うのは、つまんない……。ドブスの男か。」会いました。……。「えっ！」男のはずっスよね。(!!!)

男だと思っていたのに女で、と、驚かせるために名付けたそうです。

光という名前は、動詞の「光る」であり、「光」という名詞ではなく、「今、光っている」「ずっと光り続ける」という動詞です。名詞は「ひかり」でものの名前です。私の名前は「ひかる」です。

現在、相談事業所「ひかる」を行っている社会福祉士です。もと、飯能市飯能市立の公立保育所で働いていました。

想《そう》

2021年2月17日　第1刷発行

著　者　　平沼光
発行人　　久保田貴幸

発行元　　株式会社 幻冬舎メディアコンサルティング
〒151-0051　東京都渋谷区千駄ヶ谷4-9-7
電話　03-5411-6440（編集）

発売元　　株式会社 幻冬舎
〒151-0051　東京都渋谷区千駄ヶ谷4-9-7
電話　03-5411-6222（営業）

印刷・製本　中央精版印刷株式会社
装　丁　　沖恵子

検印廃止

Printed in Japan
ISBN 978-4-344-93328-6 C0093
幻冬舎メディアコンサルティングHP
http://www.gentosha-mc.com/